A Angela, avec tout mon amour — R.E.
A Edward Winter, avec tout mon amour — S.W.

To Angela, with love — R.E.
To Edward Winter, with love — S.W.

Little Monkey's One Safe Place copyright © Frances Lincoln Limited 2005
English text copyright © Richard Edwards 2005
Illustrations copyright © Susan Winter 2005

French translation copyright © Frances Lincoln Limited 2007
Translation into French by ToLocalise
www.ToLocalise.com
info@tolocalise.com

This edition published in Great Britain in 2007 and in the USA in 2008 by
Frances Lincoln Children's Books, 4 Torriano Mews,
Torriano Avenue, London NW5 2RZ
www.franceslincoln.com

British Library Cataloguing in Publication Data available on request

ISBN 978-1-84507-760-0

Illustrated with watercolour and coloured pencil

Set in MrsEavesRoman

Printed in China

1 3 5 7 9 8 6 4 2

Petit Singe
cherche son refuge
Little Monkey's One Safe Place

Richard Edwards • **Susan Winter**

F

FRANCES LINCOLN
CHILDREN'S BOOKS

Petit Singe s'amuse sur les plus hautes branches.

Little Monkey was playing high up in the treetops.

Il grimpe,

He climbed

il saute.

and he jumped.

Il se balance par les mains …

He swung by his hands

et par les pieds.

and he swung by his feet.

Il passe toute la matinée à jouer. Quand il est
fatigué, il s'installe confortablement sur une jolie
branche et s'endort.

All morning he played until, tired out,
he found a comfortable place in the branches
and curled up for a sleep.

Pendant que Petit Singe dort, l'orage avance et des nuages sombres cachent le soleil. Les éclairs éclatent et le tonnerre se met à gronder. Le vent violent secoue Petit Singe et le réveille en sursaut.

Terrorisé, Petit Singe parvient à s'agripper de toutes ses forces au tronc de l'arbre et à descendre.

But while Little Monkey was sleeping a storm blew up and dark clouds covered the sun. Lightning flashed, thunder crashed and gusts of wind shook Little Monkey awake.

He was scared by the storm, but he held on tight to the tree and scrambled down to the ground.

Il court ensuite sous la pluie battante jusqu'à sa maman.

Then he ran home through the rain.

«J'ai eu si peur», dit Petit Singe à sa maman.

"I was afraid," said Little Monkey to his mother.

Maman Singe serre Petit Singe très fort dans ses bras.

«Ne t'inquiète pas Petit Singe. Tout va bien maintenant, tu es hors de danger. N'oublie pas, tu as toujours ton refuge.»

«Ah oui ?» répond Petit singe. «Où ça ?»

«Comment ? Tu ne le sais donc pas ?»

Petit Singe secoue la tête.

«Voyons si tu peux le trouver», lui dit Maman Singe.

She cuddled him.

"It's all right, Little Monkey. You're safe now. Don't forget, you've always got one safe place."

"Where?" asked Little Monkey.

"Don't you know?"

Little Monkey shook his head.

"Well, see if you can find it," said his mother.

C'est ainsi que Petit Singe s'en va chercher son refuge.

So Little Monkey went looking for his one safe place.

Il commence par courir vers un
arbre creux et grimpe à l'intérieur.

First he ran to a hollow tree and
climbed inside.

Mais un gros serpent vert se met
à siffler et chasse Petit Singe.

But a big green snake
came hissing and chased
Little Monkey away.

«Ce n'est certainement pas mon refuge»,
se dit Petit Singe.

"That's not my one safe place,"
said Little Monkey.

Il descend ensuite vers la rivière et s'amuse
à faire des éclaboussures en allant vers une île.

He went down to the river
and splashed across to an island.

«C'est peut-être là mon refuge», pense t-il.

'Perhaps this is my one safe place,' he thought.

Mais un crocodile géant sort de l'eau en faisant claquer
son énorme bouche, et chasse Petit Singe qui se réfugie
très vite sur le bord de la rivière.

But a big green crocodile came snapping
and chased him back to the bank.

«Bon, ce n'est pas non plus mon refuge ici», se dit Petit Singe.

"That's not my one safe place," said Little Monkey.

Petit Singe cherche son refuge partout
dans la jungle.

Little Monkey searched all through the jungle
for his one safe place.

Il arrive enfin à une grotte
sombre et y jette un œil. Tout
est calme.

At last he came to a
dark cave and peeped in.
Everything was quiet.

«Peut-être que c'est enfin mon refuge»,
pense-t-il, et il se glisse à l'intérieur de la grotte.

'Perhaps this is my one safe place,'
he thought, and he crept inside.

Soudain, il entend un grondement,
et deux yeux vert brillant se mettent
à luire dans la pénombre.
   Petit Singe bondit de terreur et
s'enfuit aussi vite qu'il le peut !

But suddenly he heard a growl and
saw a pair of big green eyes glaring
from the shadows.

Little Monkey jumped up and ran
away as fast as he could.

Il traverse la forêt aussi vite que ses petites jambes
peuvent le porter, jusqu'à ce qu'il arrive à la clairière
où l'attend sa maman.

«Alors, demande-t-elle à Petit Singe. As-tu
trouvé ton refuge ?»

Back through the forest he raced, until he reached
the clearing where his mother was waiting.

"Well?" she asked. "Have you found
your one safe place?"

«Non», répond Petit Singe tristement.

«J'ai cherché dans un arbre, mais ce n'était pas là.

J'ai cherché sur les bords de la rivière, mais ce n'était pas là.

J'ai cherché dans une grotte, mais ce n'était pas là.

Je crois que je ne trouverai jamais mon refuge.»

Et une larme se met à couler doucement sur sa joue…

"No," said Little Monkey sadly.

"I looked in a tree, but that wasn't it.

I looked by the river, but that wasn't it.

I looked in a cave, but that wasn't it.

I don't think I'll ever find my one safe place."

And a tear trickled out of his eye.

«Viens ici», dit Maman Singe.

Petit Singe se blottit contre sa maman, bien au chaud.

Maman Singe le serre très fort contre elle et l'entoure de
ses bras.

"Come here," said Little Monkey's mother.
Little Monkey pressed forward against her
warm body. She closed her arms around him,
wrapping him up.

«C'est ici ton refuge Petit Singe», souffle Maman Singe.

«C'est ici, dans mes bras.»

Maman Singe cajole Petit Singe tout heureux.

"This is your one safe place," she said.
"It's here. It's in my arms."
Little Monkey smiled and wriggled happily
as his mother hugged him.

Il a enfin trouvé son refuge.

At last he had found his
one safe place.